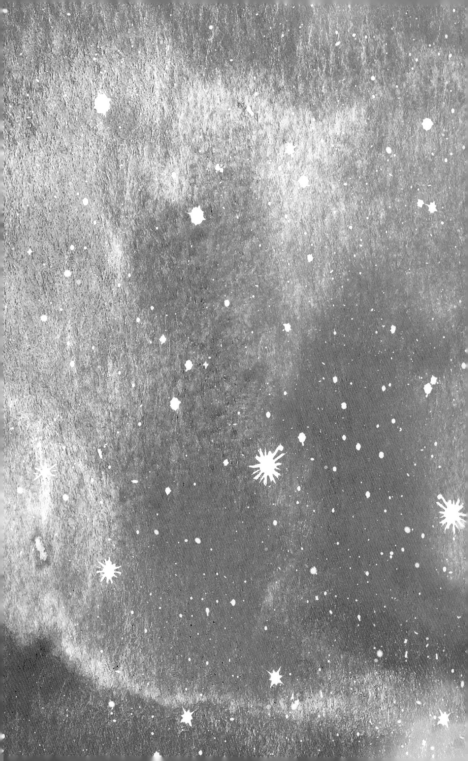

나는
오늘
행복할 거야

나는
오늘
행복할 거야

정켈 글·그림

팩토리나인

슬픔이란 깊은 물에 잠겨 있는 제게
"시간이 다 해결해줄 거야."라는 말만큼
잔인하고 막막하게 느껴지는 해결책은 없었습니다.
때론 억울하기까지 했습니다.

'왜?'
'어째서?'
'지금 당장은 안 되는 거야?'
'그렇다면 언제까지 기다려야 하는 건데?'

발을 미친 듯이 굴러보았지만,
거대한 시간의 속도엔 변함이 없었습니다.
살려달라는 비명에도 아랑곳 않고
한결같은 속도로 흘러가는 시간이
매정하게 느껴지기도 했습니다.

기다려온 그 순간에 도달한 지금,
저는 알게 되었습니다.

묵묵히 흘러가기만 하는 것처럼 보이던 시간은
기쁜 모습으로 저를 기다리고 있는
미래의 행복한 저 자신에게 저를 데려다주고 있었음을.

그 과정에서 다치지 않도록, 탈나지 않도록,
겁내지 않고 완전히 상처가 다 나을 때까지
잠잠하고도 다정하게 흘러가며 함께해주고 있었음을.

지금 힘든 시간을 보내고 있는 당신에게
이 말을 꼭 전하고 싶습니다.

행복을 향해가는 항해 중에 당신이 있는 것이라고.
그 행복을 곧 만나게 되리라고.
그리고 힘겨운 지금을
나에게도 저런 순간이 있었구나, 하고
추억 속 풍경을 보듯 바라보게 될 거라고.

당신의 항해 속에서 이 책이
든든한 길동무가 되기를 바라봅니다.

Contents

이 말이 네게
위로가 되어줄 수
있을까

Part 1

기죽지 않기를

사람들이 하는 말에 너무 기죽지 않았으면 해.

사람들은 잘 몰라.

너의 인생을 살아보지도 않았고…

지금의 너는 오로지 현재를 걸어가고 있는 것, 그뿐인걸.
'미래'라는 시간적 방향을 향해 나아간다고는 하지만,

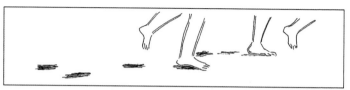

사실 우리는 현재에서 한번도 벗어난 적이 없어.

인생의 발걸음을 내딛는
매 초 매 순간이
늘 새로운 시작점인 셈이지.

그 출발선에서부터 너무 기죽지 않기를…

"그 모든 건 내가 직접 살아봐야 아는 거니까."

나에겐 모두 필요한 시간

나는 요즘 슬픈 시간을 보내고 있다.

왜인지는 잘 모르겠다.

쉬고는 싶은데...
이 휴식이 내 인생에 오히려 지장을 주는 게 아닐지.
쉬어도 되긴 되는 건지.
불안해서 쉴 수가 없다.

하지만 어쩌면...

이 모든 게 나에게 필요한 시간일 거야.

아무것도 신경 쓰지 않은 채
제대로 재충전하는 시간도

이 슬픔을 이겨내는 시간도

내게는 필요한 시간일 거야.

언젠가 꼬리에 꼬리를 물던
의문의 끝을,

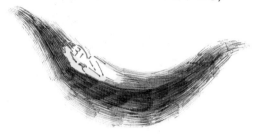

그 길고 긴 문장의 끝을
이해할 날이 올 거야.

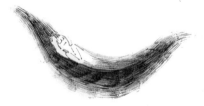

⋮

"도대체 왜 이런 시간을 보내야 하는 걸까?"
불평등하고, 부조리하게 느껴질 수도 있어.
"이렇게 쉬어도 되는 걸까?"
무시해보려 해도 다리 한가운데에서
방향 감각을 잃은 것마냥
일과 휴식, 그 중간에 걸터앉아 침대에서 뒤척거리며
아무것도 아닌 듯한 시간을 보낼 수도 있어.

왜 이런 시간이 나에게 찾아와야만 했는지
솔직히 이유는 잘 모르겠어.

하지만 확실한 건, 이 시간을 뚫고 지나가지 않으면
나는 내 인생의 다음이 어떻게 전개될지 볼 수 없을 거야.
이 시간의 다음 장에는 분명히, 슬픔이 다 씻겨
깔끔하고 군더더기 없는 선들이 펼쳐질 거야.
그러기 위해선 지금 이 시간이 꼭 필요한 거야….

눈물 바다를 흘렸던 이유

나는 오늘 행복할 거야

나는 오늘,
아주 행복한 하루를 보낼 거야.

억지로 행복해지려는 게 아니라,
행복한 일이 벌어져서 행복하자는 게 아니라,

설령 어떤 문제가 닥쳐와도
내가 행복해질 권리를 함부로 해치지 못할 거야.

잠깐 넘어지는 일이 있어도
나는 행복할 거야.

마음 아픈 일이 있어도 나는 행복할 거야.

외로이 동떨어지는 일이 있어도 나는,

오늘을 행복하게 살아갈 거야.

⋮

언제부터일까.
남들의 소리보다도 내 마음속에서 울리는 소리에
더 귀 기울이고 싶어진 게.

진작 이렇게 해야 하지 않았을까?
이제껏 남들이 하는 이야기에 참 많이도 흔들려왔거든.
남들이 그렇다고 하면 그렇게 느껴야만 하는 줄 알았어.
남들이 "넌 그런 상태인 거다." 하면
'난 그런 상태인가 보다.' 했어.

'왜 난 불행할까.' 하는 고민은 끝없이 이어졌지만
아무것도 해결되진 않았어.
'어떻게 살아야 행복할까.' 고민만 하기에도
일 분 일 초가 아깝다는 생각이 더 크게 머릿속에 메아리치네.

지금 흔들리는 것조차 내가 선택했던 거라면
나 오늘은
행복할 수 있는 하루를 보내기로
마음을 단단히 먹어야지.

인생이 게임처럼

살면서 선택의 기로에 섰을 때
게임처럼 선택창이 뜨면 얼마나 좋을까.

잠시 멈춰서 고민할 수가 있잖아.

정 어려우면 공략집을 볼 수도 있고.

잘 안 되어도 다시 시작할 수 있고.

질려서 중간에 때려쳐도 아무도 뭐라 할 사람 없으니...

우리 사는 세상은 중간 저장도 못하고,
다시 껐다 켜지도 못하고
뒤로 갈 수도 없는 싸구려 게임 안인 건지

가끔 플레이어에게 오래전에 버려져
갈곳을 잃은 캐릭터가 된 느낌이 들 때가 있어.

그래서 우리가 하는 모든 행동 하나하나가 선택이 되어버리네.

엄청나게 사소한 것부터.

그때 그게 가장 최선일 것 같아서 한 내 선택을 알면서도

나…
나와도 되는거겠지…?

후회를 자꾸만 하는 이유는.

이래도 되는걸까?
괜찮을거야…
괜찮겠지?
괜히 그랬나?

나 말고는 아무도 책임져주지 않을 내 인생,
스스로 업데이트 하기 위해서인가 봐.

:

그때의 내 선택이 최선이었음을 존중하는 마음보다도
과거의 나를 꼬집으며 자책하는 마음이 더 큰 걸까.
그러니 이렇게 때를 가리지 않고
후회가 번쩍번쩍 손을 들어 올리는 거겠지.
후회가 나를 향해 고개를 똑바로 들고 쳐다볼 때,
눈이 마주치면 흠칫 놀라게 된다.
그럴 때마다 아려오는 심장을 잡고 생각한다.

'다음엔 그러지 말아야지.'
'다음부터는 이렇게 해야지.'

마치 다음에도 똑같은 경우가 생길 것처럼,
내가 실수를 만회할 수 있을 것처럼 말이다.
우리네 인생이 게임하듯
완벽하게 다시 시작할 수 없는 것임을 아주 잘 알면서도,
몇 번이고 '처음부터 다시 시작할 수 있는' 기회를 바라게 된다.
후회로 얼룩진 인생의 순간순간을
어떻게든 닦아내며 살아가려 한다.
닦아내는 걸레조차 때로 얼룩지더라도
계속해서 닦아내면서 바란다.
'처음부터 다시'인 듯,
모든 순간순간을 나아갈 수 있게 도와달라고.

어? 꿈이었네.

나한테 그런 일이 있었나.
이제는 기억도 잘 안 나.

하지만 확실히,
인간관계에서 사소한 문제에도
쉽게 괴로워하던 때가 있었지.

언젠가는 모두에게
좋은 사람이 되고 싶었던 때도
있었어. 하지만….

난 좋은 사람이 아니야.
그리고 누구에게도
그걸 약속하진 않을 거야.

⋮

좋은 사람이 되겠다는 말은
누구에게나 함부로 약속할 수 없는 거야.

나 자신이 어떤 사람인지 스스로 인정하고 나자
이젠 왜 생겼는지 기억도 나지 않는 과거의 상처는
완전히 편안하게 아물었다.

중요한 건 바로

참 사람 마음이
제일 마음대로 안 된다.

어떤 문제에 대해
아무리 이성적으로 판단하고,
긍정적으로 여러가지 가능성을
생각해보려 해도

나의 좁은 마음은
넓어질 생각이 없는지
자꾸 벽에 쾅쾅 부딪히는 것만 같았다.

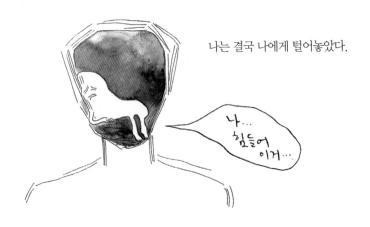

나는 결국 나에게 털어놓았다.

나...
힘들어
이거...

내 마음이 솔직하게 말했다.

그건 별로
중요하지
않아.

내 문제를 가볍게 여기는 의미가
아니었다.

"지금 당장은 그 문제가 세상에서
가장 큰 것처럼 느껴질 수 있지만."

"시간이 지날수록 점점
'그건 그다지 중요한 게 아니었구나.' 하고
느끼게 될 거야."

"그 순간에 최선을 다하되,
너무 매달리지는 마.

또 너무 억지로
빠져나오려 하지 않아도 괜찮아."

"네 시간을 충분히 가져봐."

:

내 마음을 다스리기란 사실 나에게 가장 어려운 일이다.
나의 마음에 찾아온 문제가 한번 크기를 키우면,
기억 저편에 몸을 숨기고 있던 다른 문제들마저 어느샌가 나타나
존재감을 뚜렷이 드러내면서 시야를 흐릿하게 만든다.
현재의 상황을 이성적으로 판단해보려 하고,
미래에 대해 긍정적으로 믿어보려고 애쓰지만 버겁기만 하다.
감당할 수 있을 거라 생각했던 작은 문제가
내가 서 있는 이 땅을, 아니 나의 세계를
통째로 탈탈 흔들어놓는 것만 같다.
하지만 위태롭게 휘청거리는 공기 사이를 비집고서,
나 자신에게 침착하게 말을 건네본다.

"아침에 찾아오는 햇살과 함께 안개는 걷히는 법.
너를 괴롭히는 문제는 곧 시간과 함께
바람 빠진 풍선처럼 보잘것없이 쪼그라들 거야.
그걸 기억해. 지금 네가 느끼는 불안과 걱정에서
당장에 빠져나오려고 하지 않아도 괜찮아.
모든 일은 시간이 필요한 법이니까.
넌 괜찮아질 거야. 그걸 기억해.
그게 가장 중요한 거야…."

나는 불안하다

나는 사실 좀 엎드려서 울고 싶다.
참고 참고 참았지만….

나는 어쩌면 좋은 면을 못 보고 있는 건지도 모른다.
좋은 점이 많긴 했지만, 한두 가지의 나쁜 점이
모든 걸 덮어버리고 있는 건 아닌지?

처음부터 좋음과 나쁨의
무게는 같았는지.
아니, 애초에 좋고 나쁜 것의
구분이 있기는 한 건지?

더 큰 실패를 맞이했을 때,
어떤 반응이 올지 몰라 나는 두렵다.
그리고 동시에, 나는 두렵지 않다.
이것은 아주 이상적이다.

왜냐하면 나는 아주 정상적으로
불안하기 때문이다.

오늘, 나는 아주 바람직하게 불안하다.
나는 완벽한 방식으로 불완전하기 때문이다.

나는,
완벽한 방식으로
부족하다.
나는,
부족한대로
아주 괜찮다.

가끔 그럴 때

가끔 그러고 싶을 때가 찾아와.

...

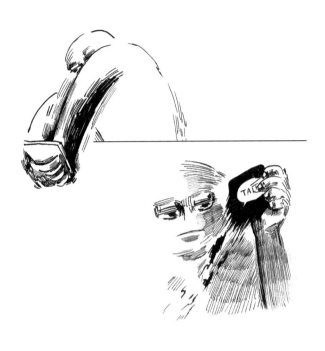

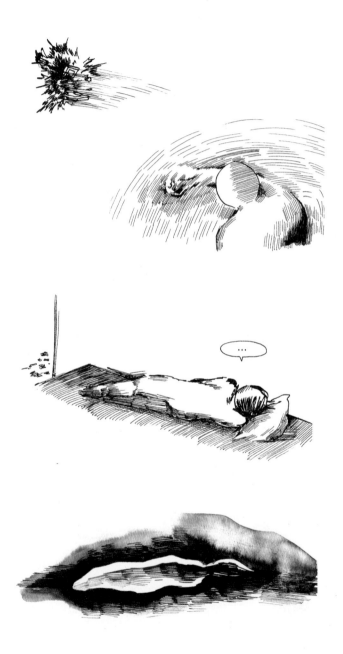

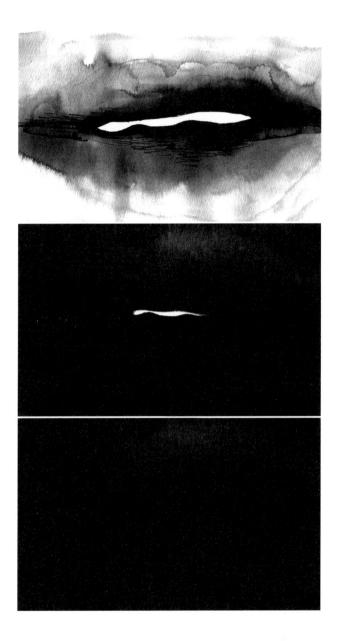

⋮

가끔은 원래부터 없었던 사람처럼
어딘가로 몸을 감추고 싶을 때가 있다.
가끔은 누구에게도 아무런 연락 없이
훌쩍 떠나버리고 싶을 때가 있다.

그저 쉬고 싶을 뿐인데, 내가 너무 이기적인 걸까?
하는 생각이 들 때면
곁에서 그런 나를 이해해주는 이들이 보인다.

사람들의 관심 혹은 홀로 느끼는 고독,
그 양쪽 사이에서 갈팡질팡하기 일쑤인 나를 기다려주는 사람들.
변덕스럽게 돌아선 내가 마음의 휴식을 충분히 취하고
무사히 돌아올 때까지 기다려주는 사람들.
그들은 내 행동을 이해하기 위해 굳이 캐묻지 않는다.
묻는다 해도 긴 설명이 필요하지 않다. 이미 받아들여줬으니까.
그들 앞에선 그리 오랜 시간이 걸리지 않고서
금세 나의 본모습을 되찾을 수 있다.
사랑하는 모든 사람들에게 감사를 전하고 싶다.

그건 그냥 바람 소리야

오늘도 나 자신에게 안부 전화를 건다.

오늘도 그녀의 목소리는 잘 들리지 않는다.

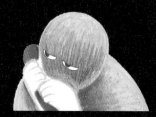

사실 그녀의 목소리를 듣는 건
평소에도 그리 쉽지 않은 일이다.

그녀의 목소리보다 그녀를 괴롭히는
소음들이 더 크게 들리기 때문이다.

하지만 아무런 말이 전해지지 않아도
그녀에게 무슨 일이 있었는지
고스란히 느낄 수 있다.

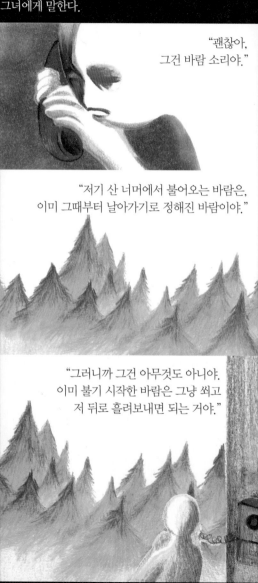

"괜찮아,
그건 바람 소리야."

"저기 산 너머에서 불어오는 바람은,
이미 그때부터 날아가기로 정해진 바람이야."

"그러니까 그건 아무것도 아니야.
이미 불기 시작한 바람은 그냥 쐬고
저 뒤로 흘려보내면 되는 거야."

"괜찮아."

"그냥 바람이 부는 소리야."

"다 지나갈 소리들이야."

"아무것도 아니야…"

비 오는 날 문득

길을 걷다가 문득 그런 생각이 들었다.

열심히 살고 있냐?

열정적으로 살 자신 있어?

자기합리화를 하던 내 모습이
얼기설기 뭉쳐있다가,
다 흩어져 내 본모습이 드러났다.

아니. 아닌것같아.

솔직히 자신은 없어.

그렇게 인정하자고 생각했다.

생각해보니...

?

긁적

있는 그대로 내 본 모습이 뭐가 어때서?
어디에 채점기준이 있는것도 아니구 말야...

오히려
스스로에게
격려가
되었다.

지금의 넌 그렇구나.

스스로에게 거짓말을 하지 않으니
스스로에게 신뢰가 갔다.

조급함도 없고 다그치는 마음도 없었다.

믿으니까 섣부른 걱정도 들지 않았다.

부족한 나를 인정하고 그 모습 그대로를 받아들였을 때,
나는 비로소 마법 같은 자유를 느낄 수 있었다.
내가 느꼈던 그 홀가분한 감정에 대해
감히 '완벽하다.'라고 표현하고 싶다.

내가 가진 우산 하나로
무수히 쏟아지는 빗방울을 모두 막을 수는 없다.
반드시 어깨 한쪽이나 등에 멘 가방을 흠뻑 적시게 된다.
아무리 내가 주의한다 해도,
남이 밟은 물웅덩이의 파편에 순식간에 뒤덮일지 모른다.

하지만 그래도 나쁘지 않다.
우산이란 도구 없이도 생명은
몇백만, 몇천만 번이 넘도록
비 오는 세상에서 꿋꿋이 살아왔으니까.

떨어지는 빗방울이 내 모습을 조각하지는 않는다.
비에 흠딱 젖는다 해도 나는 내 모습 그대로 온전히 남아 있다.

빗방울들을 한껏 받아들여 한데 섞이고,
그 빗속을 뛰놀며 우리는 자유로워진다.
그러니 너무 많은 염려 느끼지 말고 살아가길….

아량

아량이 좀
넓은 사람이면
삶이 좀 더
평안했을 것을

마음이 넓고 강해서,
어떤 수난과 역경에도
그렇구나, 그랬구나 하고 밝고 건강하게,
시원시원하게 넘길수 있으면 좋으련만

하하하
껄떡껄떡 .

거 아주
흥미로운
인생이구만!

내가 가진 마음의 크기는
딱 이정도 뿐이라

별것 아닌 일에도 금방 막혀
금세 썩은 내를 풍기네.

그래도 나는 내가 가진것을
부정하려 들지는 않겠어요.

포기하지 않고
내 마음을 열심히 도와줄 거예요.

조금 많은 눈물을 수반하더라도,
이 모든 근심을
시간과 함께 무사히 흘려 내보낼 수만 있다면...

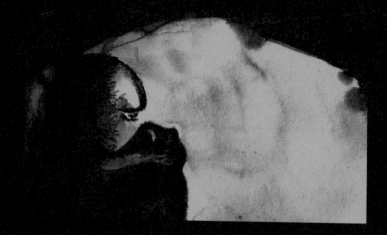

깨끗하게 청소하기 위해선
먼지가 쌓이길 기다려야했어.

자, 이제 이 먼지들을 털어내고—

먼지를 다 털어낸다 해도
많은 게 달라지는 건 아니겠지만.
아무리 닦아내도 살다 보면 또 먼지가 쌓이기 마련이지만.
그렇다고 그들을 그냥 내버려둔다면
언젠가 존재감을 뚜렷이 드러내며
내 마음속에 병으로 자리 잡을지 몰라.

자연스럽게 쌓이는 먼지들은
어쩌면 우리의 상태를 점검해보기 위해 존재하는 것 아닐까?
시원하게 후후 날려버리라고,
언제든지 새로이 마음을 다져보자고 말하기 위해서 말이야.

이 말이 네게 위로가 되어줄 수 있을까

예전에 참 아끼던 친구가 많이,
그리고 오래 힘들어했던 적이 있다.

너는 정말
소중하고
가치있고

나는 그 친구가 조금이라도
괜찮아졌으면 하는 마음에
최선을 다해 응원의 말을 전했다.

하지만 친구는
〈사랑한다는 말로도 위로가 되지 않는〉이란
노래를 듣고 내게 그 가사에 대해
말하기를 멈추지 않았다.

사랑한다는 말로도
위로가 되지않는
깊은 어둠에 빠져있어

사랑한다는 말로도
위로가 되지 않는

사랑한다는 말로도
위로가 되지 않는

깊은 어둠에 빠져있어

웃기게도 나는 그게 퍽 섭섭했던 것 같다.

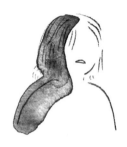

친구에게 섭섭하다고
투정 부리려는 게 아니다.
차마 다 꺼내지 못할
마음의 슬픔이 있음을 알기에.

하지만 내가 아무리 너를 향한 내 마음을
예쁘게 갈고닦아 전한다 해도

너의 깊은 마음의 상처에
괜한 감정의 파동을 일으킬지도 모른다는 것.

받아 내 마음!!

내가 얼마나 진심이든지 간에,
네겐 전혀 도움이 되지 않는다는 걸
알아버렸기 때문이다.

그 뒤로 내가 소중하게 생각하는 누군가가 많이 아파한다면,
일단 곁에서 지켜보게 되었다.
내가 확실히 도움을 줄 수 있는 게 아니라면
함부로 참견하지 말아야겠다는 생각에서였다.

사실 그러면서도 속으로 전전긍긍한다.

"어떻게 내 마음을 전해야 네게 상처가 되지 않을까."
"어떻게 해야 내가 너와 함께 있음을 알릴 수 있을까."

하지만 결국, 내가 침묵을 지키는 게
훨씬 상대를 위한 일이겠구나 싶다.

너를 생각하는 내 마음을 알아달라고 투정 부리는 게 아니다.
나의 말로 네가 힘낼 수 있다면 더할 나위 없이 좋겠지만,
애써 그러지 않아도 정말 괜찮다.

나는 그냥 네가 행복했으면 좋겠어.

사랑한다는 말로도 쉽게 위로가 되지 못할 걸 알지만,
그래도 정말 나는 네가 행복하기를, 그것만 바라고 있어.

우리 모두가 다 혼자이기에

결국에 난 혼자야.

그래, 넌 혼자야.

나 역시, 우리 모두가 혼자이듯이.

그래서 네 삶도 네 것인 거야.
네가 다 선택해야만 하는 거야.

그건 가끔 외로울 것 같아….

맞아. 외로운 거야.
우리 모두가 그래서 외롭곤 하는 거야.

하지만 그렇기에,
우리가 함께할 수 있는 거야.

모든게 그렇게 나쁘지 않을 거야!

언젠가 또 웃고 떠들 수 있을 거야.

:

날 둘러싼 모든 순간이
오롯이 나의 선택으로 좌지우지된다는 사실은
더욱 주체적으로 살아야겠다는 용기를 주기도 하지만,
누구도 날 대신할 수 없다는 사실은
스스로에 대한 책임감과 함께
절로 따라오는 쓸쓸함을 선사하곤 한다.
우리는 서로 아무리 비슷해도 완전히 같을 수 없고,
서로가 완벽하게 타인일 수밖에 없지만
오히려 그렇기에 우리가 함께할 수 있는 게 아닐까?

결국 산다는 건
평생 혼자서 스스로를 짊어지는 거구나, 하는 생각이 들 때
주위를 둘러보면 나와 같이
각자의 짐을 지고 가는 사람들이 있다.
그렇기 때문에 그 모든 마음의 짐을 다 헤아리진 못할지라도
서로의 아픔을 공감하고, 이야기를 나누며,
손을 잡고 길을 함께할 수 있다.
나와 다르지만 나를 이해해보려 노력해준
모든 이에게 감사하며,
또 언젠가 그들과 함께했던 과거의 힘들었던 나날들을
웃고 떠들며 안주처럼 즐길 수 있으리라 기대해보는 하루다.

누우면 바로 잠에 들 수 있으면 좋으련만

어떤 생각들은 나를 잠 못 들게 한다.

죽했던 과거의 내 모습을 떠올릴 때

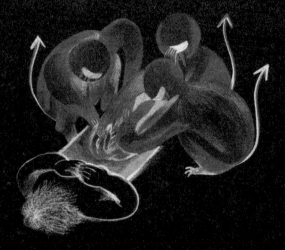

잊고 싶었던 기억이 다시 차오를 때

눈을 뜨면 내일이 올 거란 생각이 들 때

나를 해치려고 달려드는 포악한 충동들은
행동으로써 내쫓기가 차마 엄두가 나질 않고
방법도 알 수가 없었다.

그래서 대신 그런 상상을 하며 감정의 아픔을
해소하고 달래려고 했던 것이다.

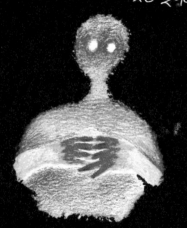

그러니까 어젯밤에도 어김없이
그 감정들을 위해 어떤 장면들을 머릿속으로 연출하며
잠 못 이루고 있을 때였다.

그 순간, 이상하게도
머리가 지끈거리며 아파 왔다.

육체적인 고통의 느낌과는 달랐다.
머리뿐만이 아니었다. 온몸을 쥐어짜듯
은은한 충격이 전해지는 듯했다.

나는 생각했다.

"나는 어쩌면,
　　　나 자신의 의지에 의해 파괴되는 걸까?"

그래. 난 신체적으로 나 자신을 아프게 하지 못하나,
대신 더 쉬운 방법으로 내 영론이
무자비하게 상처를 입히고, 찢기도록 내버려둘 거야.

그렇게 내 영혼은 매일 밤, 아니 매 순간
바로 나 자신에 의해 상처가 더 덧나고
깨부수어지고, 뜯어 먹히도록 버려졌는데도

이렇게든 계속 나아빌려고 했던 거야.
거듭해서 버려주고 있었던 거야.

오늘 밤, 나의 내장을 둘러싸고 식사를 하려던
악마들은 나타나지 않는다.

오늘 밤, 나는 나 자신에게 머리를 기대고 자라고
푹신한 쿠션도 까워 넣어준다.

오늘 밤,
나를 찌르려던 칼들은
간단히 종이처럼 구겨버린다.

나는 오늘

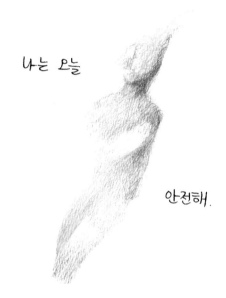

안전해.

오늘 밤,
나의 영혼이
온전히 모양을 유지하며
잠에 들려 한다.

'나를 필사적으로 감싸 안아줄 사람은
정말 나여야 하는 거야.'

그런 깨달음이 있는,
고요하고 평온한 밤이었다.

오늘 하루도, 오늘 밤에도 평화롭기를….

과거의 나에게 묻고 싶다

정말 오랜만에 평안히 잠들 수 있었던 밤,
문득 과거의 나에게 묻고 싶어졌다.

그땐 그 밤을 어떻게 버텼어?

그땐 그 감정들을 도대체 어떻게 견뎌냈어?

그때는 충분히 잘 싸워내고 있다는 걸
스스로 깨닫지 못했어.
뭘 해도 거짓 같았거든.

그때는 나 자신에게 잘하고 있다고
상냥하게 칭찬해주지 못했지만

지금이라도 과거의 나에게
너무나 잘 이겨내고 있다고 말해주고 싶어.

이겨내고 여기까지 와서 장하다고,
지금의 나를 살게 해줘서 고맙다고….

：

그땐 이 길고 긴 어둠이 결코 끝나지 않을 것 같았지.

그렇지만.

밤이 찾아오면 그 어둠에 갇혀 있기보다

잠에 들려고 노력했고,

해가 찾아오면 다시 일어나서 살아가려고 해주었던

나 자신에게 고마워.

나만의
길을
가려 할 때

Part 2

눈보라 속에서

　　　　　　　　　　　⋮

　　　　　　　약해지면 안 된다는 생각에
　　　　　잠깐 숨 고를 시간도 사치라고 여기고
　　　　꾸역꾸역 거친 길을 달려왔지.
나는 멀쩡하다고, 아무렇지도 않다고 꿋꿋이 서 보였지만
　나를 향한 네 눈동자에 담긴 따스한 불빛이,
　　마치 이 볕에서 잠시 쉬어가도 괜찮다며
　　　　내게 앉을 자리를 내어주는 것 같아
그만 마음 한편에 단단히 얼어붙었던 얼음 조각들이
　와르르, 한꺼번에 눈물로 녹아내리네.

　　　　　　그래, 나는 과거에 대한 후회,
현실의 슬픔, 앞으로 다가올 두려움 따위에 집중하기보다
　　그 속에서 나를 다시 일으켜 세워주는
　　주위의 소중한 사람에게 더 기뻐하고, 더 감사해야지.

"지금 제 곁에서 힘이 되어주시는 분들께 정말 감사합니다.
나의 삶에 찾아와 나를 만나주셔서 정말 고맙습니다."라고⋯.

미움받을 때의 안내서

누군가 당신을 싫어한다는 소식을 들으셨다면!

정말?

당신이 해야 할 일은…

샐러드를 해 먹으세요.

밥을 짓고…

기다리는 동안 좋아하는 노래를 들으며 춤을 추세요.

그리고 맛있게 드세요.

왜냐하면 누군가
당신을 미워할지언정
여전히 당신은 배고프면
맛있는 것을 먹을 수 있고

보고 싶은게 있으면 볼 수 있고

노래 부르고 싶으면
맘껏 부를 수 있기 때문입니다.

그 사람의 친구의 애인의 지인의 가족의
친척의 이웃까지도 다
당신을 맘에 안 들어 한다 해도

마려울때 언제든 쌀 수 있는
당신은

I
don't
give a
S***

두려워할 필요가 없습니다.

이건 먹어

그리고 신나게 춤을 ~♪
룰루
랄라

댄스 댄스

나만의 길을 가려 할 때

그 길로는
가지 말거라!

가지 말라고,
그런 무모한 것은 하지 말라고
손짓을 하는데

위험해
위험해

...

나는 무시해요.

내가 그런 말을 고분고분 들으려고
태어난 건 아니거든요.

．
．
．

나만의 신념을 가지고
용기를 내어 걸어가려고 하면,
꼭 새겨들을 필요 없는 말들이
괜스레 크게 느껴질 때가 있다.

그럴 땐 이런 말을 머릿속에서 한번 되뇌어보자.
'그래서 뭐 어쩌라고? (So What?)'
'왜 안 되겠어? (Why Not)?'

이 두 가지만으로도 충분히,
내 인생에 관심 많은 이들의 소음을 차단하는 데
도움이 될 것이다.

넌 멋진 사람

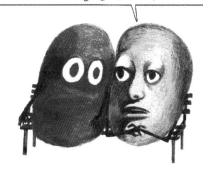

나 이외의 346789513명이 346789513개의 방법으로
너를 바라볼 순 있겠지만, 그 숫자가 얼마나 많다 한들

너 한 명이 널 바라보는 것만큼 너 자신을 잘 알 수는 없겠지.

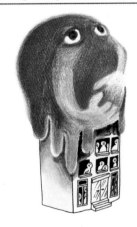

남들이 너에게 아무리 이러쿵저러쿵 말해도,
그냥 너 그 자체로 멋질 수밖에 없는 너.
하고 싶은 대로 하고, 되고 싶은 대로 될 수 있기를.

현실을 마주할 때

현실은 마치 매서운 이빨을 가진 것처럼 느껴지지.
그것을 마주할 때,
그 안에 뭐가 있을지 전혀 감이 잡히지 않아 두려워져.

그런 현실을 이겨내기 위해
헛된 열매로 무장을 하고 가면,

물이 되는 거야.

물이 되어
현실이 너의 생을 마시게 해,
그저 흘러가는 거야.

그러려니,
수월하게…

⋮

너무 빳빳하고 단단해지지 말자.
현실의 이빨에 그만 똑 부러져버릴 수 있으니까.
조금은 힘을 빼고, 흐물흐물 흘러가보자.
매서운 현실이 나의 생을 그저 들이마실 수 있게.
시간의 힘, 그 안에 스며들어 술술 지나가게끔.

나는 사랑받고 싶었다.

단지 그뿐이었다.

사랑받으려면 사람이 좋아야 했다.

그래서 난 나만의 방식으로 아주 열심히 사람을 좋아하고 그 마음만큼 대했다.

하지만 그건 정말 '나만의' 방법, '나만의' 기준이었나?

내가 주는 마음에 비해서 돌아오는 결과는 하찮을 때가 많았다.

그 정반대의 성질로 나를 할퀼 때가 더러 있었다.

그럴 때면 나는 나를 탓했다.

'내가 못나서 그래.'
'내가 ~하지 못해서 그래.'

내가 온 마음을 다해도
정말 사소한 이유로 등돌리는 사람이 있을 때

어느 순간 나는 느끼기 시작했다.

'아니... 이건 내 잘못이 아닌디?'

'나는 완벽할 수가 없는 사람이야.'

그 생각은
나로 하여금 온몸에서 긴장을 풀고
편안할 수 있게 도와주었다.

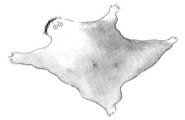

'그래. 나는 언제나 완벽할 수가 없어.'

'사람은 완벽할 수가 없는 게 당연한 거야.'
배짱이 커지기 시작했다.

'그렇지만 나는 좋은 사람이야.'

'내가 좋아하는 사람에게 나는 되도록 완벽해지고 싶고
그렇게 할수 없는걸 알면서도 무언가 위해
노력하려는 마음을 가진 난 확-실히 좋은 사람이야.'

점점 나 자신에 대한 확신이 든다.

사람을 대하는 건 언제나 힘들다.
사람을 좋아하는 마음이 드는 건 막을 수가 없다.
그만큼 되돌려 받기를 바라는 마음도 당연하고,
관계에서 상처받는 것도 어쩔 수가 없다.

하지만 이제는,
'나한테 그렇게 ▮같이 굴면 니만 손해지.'
하는 생각이 지배적으로 든다.

⋮

실수도 하고, 부족한 면도 많지만
누군가를 위해, 그리고 나 자신을 위해
계속해서 나아지려 노력하는 나는 정말 좋은 사람이다.
인간관계 속에서 그 사실을 꾸준히 되새기고,
끊임없이 스스로에게 확신시켜주어야 할 필요가 있다.

난 말야,

세상을 바꿀 수 있을 거라고 생각했어.

나는 특별한 존재라고 믿었어.

하지만 나 자신도 쉽게 바꾸지 못하는 스스로를 보며
갈수록 무력함만 커져.

…난 말이야.
내 목소리를 별로 안 좋아했어.

누군가의 마음을 매료할 만한
힘이 없다고 생각했지.

내 목소리가 나오는
영상만 봐도
온몸에 소름이 돋고
도망치고 싶고 막…

성우처럼 목소리를
상황에 맞추어 자유자재로
바꿀 수 있는 것도 아니고

아나운서처럼 또박또박
호소력 짙게 들리는 목소리도 아니고

여느 가수들처럼 개성 넘치는 음색으로
노래하는 목소리를 가진 것도 아니고.
하지만….

네 목소리를 줄이지 마.

너의 이야기를 할 때
네 목소리가 가장 강하고 아름다워!

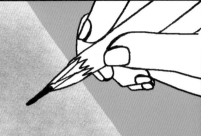

사랑을 쓰려거든 연필로 쓰라고 하잖아.

나중에 지울 수라도 있으니까.

근데, 이건 뭐… 망치야 망치.

아주 못을 박아버린다니까.

그렇다는 말은…

네가 벽이고

그 사랑이 못처럼 박히는 건가?

음… 그런 생각은 안 해봤는데….

벽은 오히려 그 사람이지!

내가 못이고.

그 사람의 세계에서 꼼짝을 못 하고 꼭 박혀버린 못.

그거 좋다.

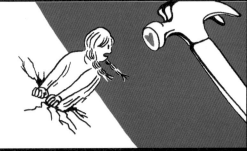

그가 또 한 번 너의 마음을 칠 때,

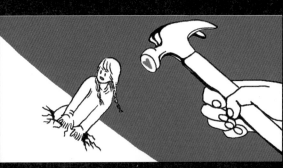

확 부숴버려.

그 사랑이 널 잊지 못하게.

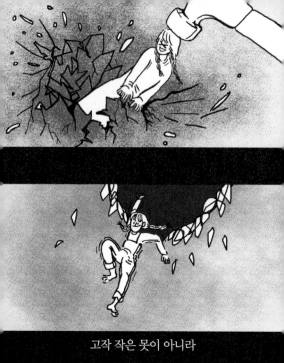

고작 작은 못이 아니라

당신의 세계를 찬란하게 바꿀 수 있는 내가 왔다고

이런 내가 당신을 사랑해서
여기에 있음을 자신 있게 알리라고.

…

(씨익)

못이라 느껴지는 당신,
그러니 움츠리지 말고 당당하게 매력을 발산하자.
나 오로지 그대를 위해,
잊지 못할 찬란함을 그대의 인생에 선사하기 위해
먼 길을 떠나 여기까지 찾아왔음을
최선을 다해서 자랑스럽게 여기자.

내가 멀리서
지켜봐야 하는 그런 사람.

그런데 좋아한다고?

사람이 너무 멋있는 걸 어떡해?
좋아할 수밖에 없는 그런 사람이야.

존재 자체만으로도 사람들에게
기쁨과 행복을 주는 사람.

무슨 산타라도 돼?

의미는 비슷하네.

누구나 산타를 좋아하지만,
막 산타랑 사귀고 싶고…
그런 건 아니잖아?
나도 똑같아.

그냥 좋아.
아무런 조건도 없이.

아으으. 몰라.
그냥 진짜 '좋음' 그 자체야!
내 존재를 모른다 해도 좋아!

그런 사람을 보면…
존경심도 들어.

'어떻게 저렇게 멋있을까?'

'사람에게서 어떻게
저렇게 긍정적인 에너지가 나오지?'

그러면서 동시에
자괴감이 든다?

난 왜 저렇게 안 될까?
저 사람에 비하면
내 모습은 한없이 찌질해 보여…
ㅇㅇㅇ…

…이런 느낌 말하는 거지?

응. 딱 그거.

그 사람을 보면
늘 드는 생각은…

'아아아아아아,
나도 저렇게 행복을 나누어주는 사람이 되고 싶다.
누구에게나 밝은 에너지를 주는 사람, 되고 싶다….'

근데 늘 마지막에
깨닫는 건,

난 안 될 거라는 거야.

절망적인 의미로
말하는 게 아니라,
내가 그처럼 살 수 없는 건
당연한 거더라고.

자신을 숨기고
꾸역꾸역 억지로 따라하며
살기보다는
나 자신으로 사는 게
좋아, 난.

나는 나니까.

좋은 에너지만 받아.

네가 존경하고 좋아하는 그 사람이
삶을 대하는 방식이나 태도를 보고,
너도 네 인생을 열심히 살아서 멋진 사람이 되겠다는
어떤 동기나 열정.

나머지 자괴감 같은 감정들은,
너 자신을 흐트려놓는 장애물이니
저 멀리 던져놔버려.

남들과
똑같을 수 없는 건
당연한 거야.

너는 그 사람이 아니라,
너는… 너니까.

너에겐 너만의
놀라운 방식이 있어.

미움받을 용기

이 지구상에 100% 완벽한 존재가 있을까?
완벽이란 우리의 이상 속에 있는 개념일 뿐이다.
좋으면 좋은 대로 사랑받고,
부족하면 부족한 대로 인간적인 매력이라 하지만
나의 모든 점이 만나는 사람들의 마음에 쏙쏙 들 수는 없는 노릇이다.
나 역시 모든 사람을 마냥 사랑할 수는 없듯이.

여기까지 깨달았을 때, 나는 두려웠다.
언제 어디서 누구에게 나라는 존재가
통째로 거부당할지 모르기 때문이다.

그래서 용기가 필요했다.
상처로 남지 않도록 기꺼이 그 미움을 받아들일 용기.
예전에 나는 처음 누군가를 알아갈 때
무조건 상대의 호감을 얻으려 애써왔다.
하지만 내 의도가 아무리 좋았다 해도
다른 환경, 다른 문화에서 살아온 다른 이에겐
내가 마음에 안 드는 점투성이인 사람일 수도 있다.

이 용기와 함께라면, 이유 없이 나를 싫어하는 이에겐
"그래서 어쩌라고? 난 당신을 만족시키기 위해 사는 사람이 아닌데."
라는 당당한 태도가 장착된다.
물론, 남에게 피해를 끼치지 않는 선에서 말이다.

지긋지긋함이 도를 넘어섰다.

기분이 주욱 가라앉다 못해 산산조각 나는 것 같다.
어느 지점에 닿아야 비로소 끝인지 시험해보나 봐.

모든게 다 나를 훈련시키기 위함이겠지만
기분이 너무 안좋아.

이건 내가 의도한 게 아닌데.

나는 내가 원해서 기분이 안좋아지고자 한적이
단 한번도 없다고 !

그렇지만 내 의지야 어찌됐든
기분은 나빠질 때가 있고
그럴 때마다 그 모든 감정의 뒤처리는
내가 도맡아야한다.

아, 내 소중한 하루를 망치지 말아야지.

이런 걸로 내 하루의 몇 초가 모여 만드는 몇 분,
몇 시간, 몇 날 며칠을 허둑수 낭비하기는 싫다.

지금부터라도 내 소중한 순간들을 망치지 않겠어.

그러니까 오늘은…

편하게 잠을 잘 거야.

꼭…

⋮

부르고 싶은 노래도 잔뜩 부르고
말하고 싶은 이야기를 밤새 말해도 보고
눈물이 날 땐 펑펑 흘려보내고
맛있는 것도 많이 먹어야지.

나의 시간에 충실하게 집중하자.
불필요한 감정이 감히
이 소중한 순간을 망치려 들지 못하게….

애매하게 부족하고

어색... 편한것 같기도 하고...

어... 저기.. 나 좀 과하니??..

애매하게 너무 컸을 거야.

그래서 담담했던 그는 떠난 거겠지.

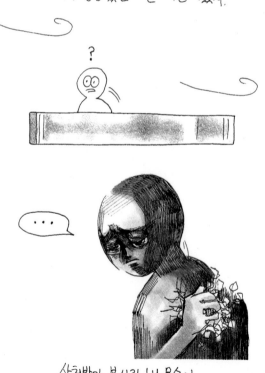

?

...

상처받아 부서진 내 모습이

결국 본모습을 잃고… 이도 저도 아닌 모습으로

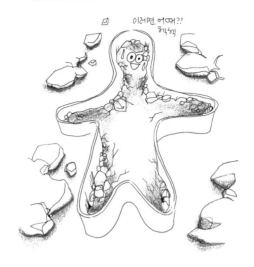

내가 아닌 모습으로
아무것도 아닌 모습으로

누구에게나 맞춰지는
가루 같은 삶이 될까 두려워.

가루 같은 삶…

하지만 나는 이제 버려지지 않아.
더 이상 누구의 틀에도 맞춰지고 싶지 않기에
가루가 난 내 모습, 버려도 내 손으로 직접 버리고
내 온전한 모습을 찾으며 살아가리라.

아직 여기에 있어

어렸을 때 조금 실망했던 건

내가 사는 나라가
생각보다 작아서였다.

커가면서 점점 실망했던 건
나라는 존재가
생각보다 너무 작아서였다.

내가 가진 꿈들은
지도를 한 손에 쥘 만큼
컸는데

내가 발견한 작은 땅에 맞추어

꿈도 점점
쪼그라드는 것 같아서.

'이 세상의 주인공은 네가 아니지만,'

'네 인생의 주인공은 네가 되어야지.'

'난 아직도 여기에 있어.'

'너는?'

이게 무슨 수작이지 싶을 때

인생에 해로울 정도로
이상한 사람은 의외로 멀리 있지 않더라.
다들 본모습을 드러내고 있지 않을 뿐…

아닐 거라고 생각했던 사람이…
알고 보니 리얼 미친 인간인 경우가
진짜 많더라고.

그렇다는 건... 어쨌든 간에
나도 그 이상한 사람이 아니라는 법은
없다는 거겠지.

나도 누군가에게
매우 이상한 사람이었을 거야...

아! 답답한 소리 하지 말고 나와봐~

지금 당장 네 주위에 이상한 사람이 있고,
너한테 허튼 수작 부리려고 하는데,
그 와중에 웬 셀프 진단이냐 감자기???

네가 남들에게 어때 보였을지에 대한 걱정은 집어치우고.

일단 네가 살아야하지 않겠나?

넌 이제껏 느낌이 쎄 해도 이랬겠지.

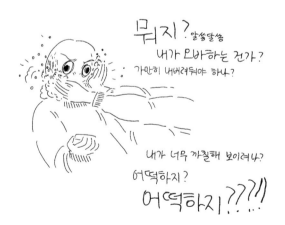

뭐지? 알쏭달쏭

내가 오바하는 건가?

가만히 내버려둬야 하나?

내가 너무 까칠해 보이려나?

어떡하지?

어떡하지??!!!

느낌이 쎄 하면 그런 고민할 시간이 1초도 아까워.

바로 쳐내버려! 네 감정을 표현해.

어딨 개수작이야?????

:

떳떳이 내 갈 길을 가다 보면,
가끔씩 은근슬쩍 끼어들어
진로를 방해하는 사람을 만나게 된다.
그 태도가 너무나도 뻔뻔스럽고 당연해서,
오히려 나의 판단 능력이 흐려질 정도다.
굳이 인간관계에 문제를 만들기 싫어서
혹은 그 편이 차라리 빨리 해결될 것 같아서
내 잘못인가 보다 하고 원인의 화살을 자신에게 돌리곤 했다.

시간이 좀 지나 제3자의 시선으로 다시 되짚어보면,
억울함이 급속도로 밀려온다.
하지만 이미 돌이키기엔 너무 늦은 일.
앞으로라도 정신을 똑바로 차리고 살아가자 다짐해보지만,
수많은 사람들이 기상천외한 방법으로
속속들이 기회를 노리고 있을 테다.
물론 나 역시 누군가에게 그런 사람일지도 모른다.

그러나 잠시만이라도 자기검열을 내려놔보자.
가끔은 내가 느꼈던 감정을
'설마' 하며 착각으로 치부하지 말고, 한번 믿어보자.
가끔은 내가 더 뻔뻔하게 나가보자.
내 길을 순탄하게 나아가기 위해서
방해물 한두 개 쯤 쳐내버려도 아쉬울 건 없다.
놀랍도록 빠르고 정확하게 그 대상들을 차단해내고 나면
더 쾌적한 환경을 만날 수 있을 테니까.

거짓말 하나 할게

당신을 싫어해서가 아니라,
그저 잠시만 온전한 나로 있을 시간이 필요할 뿐이라는 말에
나의 진심을 담아서….

좋II, 좋II

가끔은 내가 너무
영양가 없는 사람처럼
느껴진다.
뭘 열심히 해봐도
마찬가지다.
괴롭다..

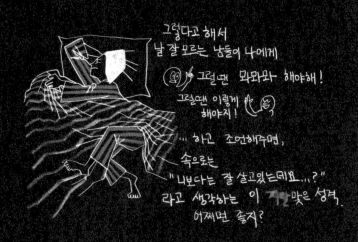

그렇다고 해서
날 잘 모르는 남들이 나에게

그럴면 뭐뭐뭐 해야해!

그럴땐 이렇게
해야지!

... 하고 조언해주면,

속으로는
" 니보다는 잘 살고있는데요...? "
라고 생각하는 이 재수 맞은 성격.
어쩌면 좋지?

...뭘 어쩌면 좋긴...

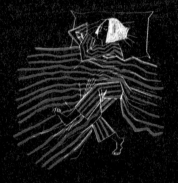

아주 좋지좋지!

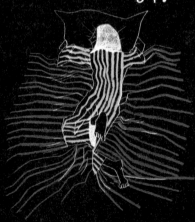

：

태어날 때부터 지닌 나의 습성과 바깥세상,
그 사이에서 융통성을 지키며 살아가긴 쉽지 않다.
나의 고집을 어디까지 고수해야 할지 감이 잡히지 않고,
다른 사람들의 의견을 어디까지 수용해야 할지
타협점을 찾는 일도 만만치 않다.

마냥 꽉 막혀선 나밖에 모르는 사람이 되고 싶지는 않다.
도움이 필요하면 주위에 조언을 구하고 싶을 때도 있다.

그러나 내가 조언을 구하려 하지 않은 부분까지
무자비하게 침범해선
마구 통제하려는 사람들 아래에 흡수될 바엔,
차라리 우물 안 개구리일지라도
그 안에서 나 자신과 즐겁게 살 테다.

그런 고집을 고집하려는 내 생각이
아주 좋지, 좋아.

난 그런 내가
아주 마음에
들어

Part 3

그래도 괜찮을 거야

어우 신나! 너무 좋아!

나는 무턱대고
긍정적이고 싶다.

어려울 때일수록 크게 웃어
넘기고 싶다.

하하하 아이고 배야!

답이 없을지언정 막무가내로
밀어붙이고 싶다.

다 비켜!

나는 언제나 대책 없이
해맑고 싶다.

언제나 내 일기의 마지막은

너와의 통화에선 언제나

그래도 우리는 괜찮을 거야 라 말하며 끝맺을 거야.

:

어렸을 적, 우리는 무슨 이야기를 하면서
그렇게도 즐겁게 놀았을까?
해가 바뀔수록 그때 그 시절을
돌이켜보는 횟수는 잦아지는데,
우리가 나눴던 대화를 잘 기억해내지 못한 채로
항상 궁금증은 끝이 나.
언젠가부터 삶에 대한 고뇌, 미래에 대한 불안감,
현실에 대한 근심을 빼고서는
우린 더 길게 이야기할 수도 없게 된 것 같아.
별거 아닌 단어에도 배꼽을 잡고 숨넘어갈 듯
웃었던 그 시절의 순진함.

그 어린 날의 순진함을 바라지도 않지만, 나 그래도,
'울면 지는 거다.'라고 말하면서도
눈물 없이는 살 수 없게 만드는 이 세상에서
매 초 매 순간 실패했던 생에 대해 말한다 해도,
나의 상황과 너의 고민이 아무리 절망적이라 해도,
언제나 우리의 대화는 이렇게 끝맺고 싶어.

"그래도, 괜찮을 거야."

그런 우리의 말에 누군가 비웃음을 짓는다면
우린 더 크게 미소 지으며 말하자.

"그래도, 틀림없이 괜찮을 거야."

그런 힘든 일을 겪었구나.

다가오는 불투명한 미래에 대한 두려움.
살아갈 자신에 대한 망설임.
당장 코앞에 닥쳤던 문제와 고민들.

사실… 난 너의 이야기를 듣고서
다시 한번 네가 참 멋있는 사람이란 걸 느꼈어.

"네가 그런 시간을 가져서 다행이다." 라고도
생각했지

그 과정이 당연히 힘들고, 외롭고, 혼란스러웠겠지만…

시간이 흘러 지금은 다 지난 일로 보였으니…
참 다행이야.

넌 거기에서 멈추지 않고,

너를 고통스럽게 했던 모든 일들을
저렇게 멋지게 너의 역사로 일구어냈어.

그럴듯이 난 네가 나중에 다가올 모든 걸
잘 이겨낼 걸 알아.
네 앞에선 실패마저 실패하게 될거란 걸 알아.

그래서 난 네가 정말 너무 엄청
멋지다고 생각해. 예전부터 알고 있던 거지만

:

"역시 너니까 이런 시간도 잘 견뎌냈구나."
"역시 너는 해낼 수 있을 줄 알았어."

너는 내게 "역시!" 하고 감탄하게 만드는
강한 의지를 지닌 사람.
언제나 그랬던 것처럼 널 향한 믿음을 따라,
어떤 시간이 찾아올지라도 나는 너와 함께하겠어.

네 목에 슬픔이

신경쓰지 않는다는 것.
그게 참 쉬운 일은 아니지.

버리는 연습을 해야 해.

마음에 쌓인 것들을 버리는 연습.

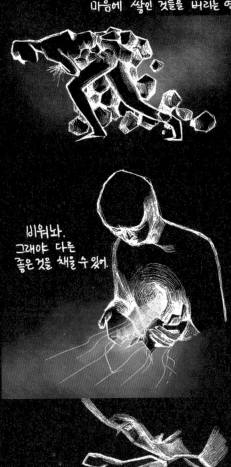

비워봐.
그래야 다른
좋은 것을 채울 수 있어.

이제 마음을 풀고
잊어버려.

그래야 살아.

"애야. 너무 많은 것에 아파하지 마라…"
— 어머니와의 대화에서.

욕을 먹을 때는

"딸, 욕 먹는걸 두려워 하지마."

"이래도 욕 먹고 저래도 욕 먹고
이래도 욕하고 저래도 욕하는 게 사람이야.
100 이면 100, 다 만족시킬 수가 없어."

" 너에 대한 모든 평가를
그러려니 받아들여."

그래도,
욕을 들으면
자신이 없어져요.

내가 잘하고 있는걸까?

" 딸, 그래도 말이야, 욕 먹는다는 건 어떨 땐
네가 잘 살고 있다는 걸 증명해주기도 해."

"이 세상에 아무도 없다고 생각해봐."

"네 그림을 봐주는 사람이 아무도 없다고 상상해봐."

"너를 아무도 지켜보지 않아도
너는 계속 그림을 그릴 수 있어야해."

"왜냐하면, 넌 하고 싶은 걸 할 자유가 있으니까."

⋮

"물론, 책임질 수 있는 자유 말이지…."
— 아버지와의 대화에서.

눈만 감았다 하면
잊고 있던 것들이 스멀스멀

그렇게 잊고만 싶던 많은 문제가
내 온몸을 옭아맨다.

가만히 생각해보면,
너희들도 곧 별거 아니게 될 텐데….

지금 당장은 몰라도,
나는 언젠가 내 원래 모습을 되찾게 될 텐데.

너희 따위 우습게 보일 만큼
훨씬 거대한 내 본모습.

나를 놔줘,
내가 가벼워질 수 있게.

나를 놔줘,
내가 가볍게 날아갈 수 있게….

:

작고 사소한 문제들로 가득 찬 세계에 뚝 떨어져
꼼짝없이 팔다리가 묶일 때가 있어.
그럴 때면 내 눈앞에 보이는 세상이
문제들로 가득 메워져 잠시 체념하게 되는데,
그 때문에 그만 나의 크기를 깜빡 잊었던 것 같아.

그래, 나는 원래 너희들보다 훨씬 컸어.
내 온몸을 속박하던 사슬을 가뿐히 벗어던질래.

내가 본모습을 다시 찾아 자유로이 날아다니며
하늘을 가로지르다 발밑을 내려다보았을 때

너희는 더 작은 점이 되어 있겠지.

잘될 사람은 어떤 방식으로든 잘되게 되어 있어.

지금 노력한 것보다 성적이 안 좋다고,

아니면 책읽기를 싫어한다고,

또는 영어를 못한다거나

하고 싶은 일이 없다 할지라도

남들이 잘나 보이는 그대로 따라갈 필요가 없어.

잘될 사람은 어떤 방식으로라도 잘되기 마련이니까.

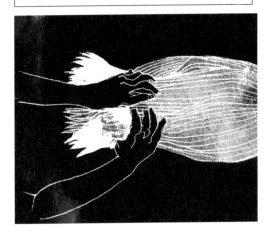

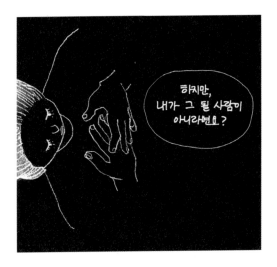

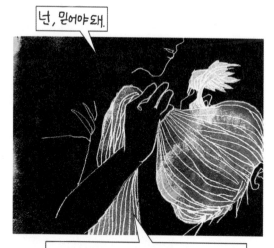

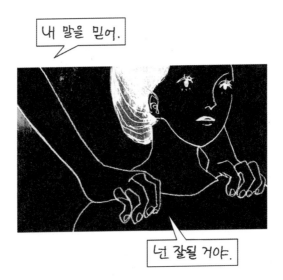

어쩌면 나 자신을 가장 가혹하게 비판하고,
비교하는 건 나 자신일 수 있다.
어쩌면 그런 나 자신을 가장 믿어줄 수 있고,
또 믿어야만 하는 건 나 자신뿐일 것이다.
믿음이 있다면 조급해할 필요도, 걱정할 필요도 없다.
나는 나만의 길을 가고 있다는 사실이
점점 확실해질 테니까.

너의 의미
ㅇㅇㅇㅇㅇㅇㅇㅇㅇㅇㅇㅇ

나에겐 절대 너의 숫자가 작지 않아.

내 이야기를 듣는
너의 집중의 수가,

내 말에 반응하기 위해
힘을 싣는 수가.

나를 바라보는 네 눈빛의 수,

나를 위해 말해주는 글자의 수,

내 손을 잡아주는 손가락의 수.

한걸음에 달려와주는
너의 의지의 무게가,

함께 걸어가주는 발걸음의 수가,

네가 살아온 나날들의 수,
그 무수한 시간 속에서 얻은
수많은 경험.

몇 번이나 머릿속에서
이야기를 정리하는 수고의 무게,
그 과정을 모두 거쳐
내게 목소리 내줄 때 싣는
힘의 무게.

내게 집중해주고
내게 신경써주는
네 안의 세포의 수.

내게는 그 숫자가  결코 작지 않아.

내겐 너라는 사람이  절대 작지 않아.

당신의 하나하나가 나에겐 너무나 소중하다.
그 숫자를 우습게 여기는 사람은
남의 가치는커녕, 자신의 가치도 모르고
그저 아무것도 못 보거나
보고도 모른 체하는 사람일 것이다.

나에게 보내는 편지

미래의 자신에게 편지를 써보세요.

이젠 어때? 흘린 눈물들은 보상받았어?

과거의 자신에게 편지를 써주세요.

그땐 참 힘들어했는데.

아직도 힘들어하는 건 아니길….

힘든 시간은 정말 금방 지나가더라.
그때 네가 잘 버텨준 덕분이야.

그땐 내가 웃고 있겠지?

그런데 또 반복될 일은
반복되더라.
하지만 그럴수록
넌 더 강해질 거야.

너는 아마
더 멋있게 변해 있을 거야.

꼭 네 자신인 채로 있어.
고집을 좀 부려도 돼.

솔직히 앞으로 무슨 일이 일어날지 몰라 두렵긴 하지만…
넌 잘 살아남을 거야.

수많은 일을 경험하겠지만 넌 잘해낼 거야.
아무것도 아닌 일로 만들 수 있을 테니,
조금만 더 힘을 내자.

날 믿어?

난 널 믿어.

빨간불

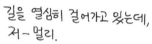

길을 열심히 걸어가고 있는데,
저-멀리.

...빠간불...

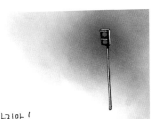

하지만!
그렇다고 해서 그 자리에 내가 멈출건 아니지.

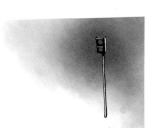

저기 빨간불이 켜졌다 해도 가던 길은 계속 갈 거야.

초록불은, 오 나의 타이밍에 맞춰서
자연스럽게 켜지라야 말 테니까.

:

내가 가려는 길에
빨간불이 켜진 것 같아 잠시 멈칫했지만,
포기하지 말고 정면을 향해 계속 고개를 들어올리자.
그저 나아가기만 한다면,
언젠가 날 위한 초록불이
다시금 환하게 빛을 비출 거야.

난 마음에 들어

난 마음에 들어, 난 그게 마음에 들어.

난 마음에 들어. 난 그게 마음에 들어.

난 마음에 들어. 난 그게 마음에 들어.

나는 언제까지고 자라지 않을 것만 같아.
만화는 여전히 재미있어서 밤을 새워서라도 끝을 보고 싶고,
화면 안의 캐릭터가 멋져서 소리를 악 지르게 돼.

나는 참 생각이 많은 것 같아.
탁자 위에 슬며시 내려앉은 민들레 홀씨마저
너무나 거대하게 느껴질 때가 있어.
슬픔에 쉽게 적셔지는 날엔
노래 가사 한 줄에도 마음에 화살이 쾅 박혀선
몇 초 만에 믿을 수 없는 속도로 심장이 부푸는 것 같아.

가끔은 내일이 온다는 사실을 모른 척하고서
지금 이 순간에 내 모든 걸 걸어보고 싶어.
마치 오늘을 갖기 위해
평생의 시간을 들였다는 것처럼 말이야.

난 그런 내가 마음에 들어.
아주 마음에 들어.

한 번 더, 새해

또 새해네.

이젠 숫자가 바뀌는 거에 그닥 별 감흥도 없다.

그래도 날짜가 1월 1일로 리셋되는 것만큼은 기분이 이상해.

맞아.

앞으로 다음 해까지 겪을

365일이 결코 가볍게 느껴지지 않아.

지나간 일들은 지나간 대로
머릿속에 새겨진 기억 외에는
아무것도 아니게 되었고

앞으로 다가올 미래는 베일에 쌓인 채
무궁무진하게 느껴져.

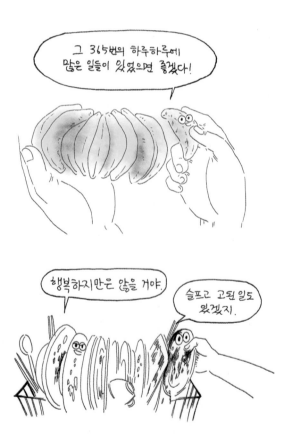

그래도 내일이 기대되는 이유는,

그 힘겨운 나날들의 끝 그다음 날에

모든 걸 또 이겨내고 난
승리의 내 모습이 있을 것임을
확신하기 때문이야.

난 알아요

엄마.
엄마에게는 내가
눈에 넣어도 아프지 않을
귀중한 자식이겠지만,
그런 나도 어떤 이들에게는
거처지는 존재인가 봐요.

제게 가르쳐주신 대로 좋은 사람이 되려고
나름대로 노력해 보았지만,
그래도 나를 미워하는 사람들은 항상 생겨났어요.

아빠.
내 마음이 다칠까, 아플까 염려하시겠지만
이제는 많이 걱정하지 않으셔도 돼요.

나의 상처를 털어내는 속도는
예전보다 빨라졌으니까요.

그러니까 나는 지금 이 순간만
잠시 슬퍼하면 돼요.
그러면 물에 씻어 보낸 듯
깨끗이 다 버리고서 지낼 수 있을 테니,

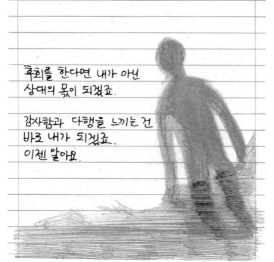

후회를 한다면 내가 아닌
상대의 몫이 되겠죠.

감사함과 다행을 느끼는 건
바로 내가 되겠죠.
이젠 말아요.

이런 일들은 이제 내 만화, 내가 부르는 노래,
내가 쓰고 싶은 이야기의 소재로,
내가 말하고 싶은 삶의 장식이 될 뿐이란 걸 ~

나를 더 멋진 사람으로 꾸며줄 뿐이란 걸.
꼭 이겼으면 좋겠어요.

　　　　　　　　　　　　　　　　　　　　⋮

난 알아요,
이 밤이 흐르고 흐르면 누군가가 나를 떠나버려…도
나는 시간이 흐름에 따라 괜찮아질 거란 걸.
이런 때일수록 나를 사랑해주는,
내가 사랑하는 사람들이 더 많다는 것을
깨닫게 된다는 걸.

절망적이지 않아.

너는 이제 새로 시작하는 것뿐이다.

과거의 모습을
상처 속에 두지 마.

과거의 그 아이는
그 시간 속에서도
지금의 네가 행복하기를
바라고 있어.

지금의 네가 자신을 아무리 다그쳐도
그 아이는 최선을 다해 외치고 있어.

"너는 행복해질 자격이 있다."라고.

너조차도 그건
방해할 수 없는 거라고.

살아나는 느낌

그래! 바로 이느낌이야!

이 건강해지는 느낌…!

내가 비로소 다시 건강해지고,

살아나는 느낌이 드네.

당신과 함께 있으면 난
억지로 꾸밀 필요가 없어져.

나 자신이 될 수 있어.

당신의 따스한 관심 덕에
피어난 나의 꽃을
선물하고 싶어요.

⋮

힘들 때 생각나는 사람이 있다니,
그 자체로 큰 축복이지.
그러니 당신은 내게 선물이야.
당신은 보답할 필요가 없다고 말하지만,
이 고마운 마음을 감히 어떻게 표현해야 할지
감도 못 잡겠는걸.

당신이 내려준 물줄기가 헛되지 않게
다시 활기차게 피어나서
희망차게 살아가는 모습으로
당신과 함께하고 싶어.

반짝이는 별

나는 밤하늘에 반짝이는 별을 보며,
이렇게 생각하곤 했다.

이 넓고 넓은 우주에서 나는 어쩌면
저보다 더 좋은 것들, 더 아름다운 것들을
놓치고 살아가고 있을지도 모른다고.

그렇지만 널 만나고 나서 내 삶은
더할 나위 없이 충만해졌지.

나는 네가 그저 유독 반짝이며
나를 비춰주는 별인줄 알았다. 그런데

네가 견뎌냈어야 할 고통의 무게,

네가 살아냈어야 할 삶의 무게가

너의 우주를 -
아니,
너를 우주로
만들어놨던 거야.

너 하나만으로
내 모든 세계를 메울 수 있다는 사실.
이것이 얼마나 큰 축복인가?

네가 나의 배경이 되어주었던 것처럼

이제는 나도 그 우주 안에 별이 되어
널 위해 밝게 빛나고 싶어.

외로운 섬인 듯
홀로 광활한 우주를 떠다니며 반짝이던 너란 별은
나에게 있어 하나의 커다란 세계였어.
나는 구태여 다른 곳을 찾아 떠날 필요가 없어졌지.
아름다운 너의 세계가 미소 지을 수 있다면,
나 역시 그 빛의 일부가 되어
기꺼이 함께 타오르고 싶어.

살다 보면 여러 선택지들이
선물 상자의 모습을 하고 다가와.

상황에 따라 하나 이상의 상자를 선택해야만 하는데,
웬만하면 가장 좋은 선물을 고르고 싶어 갈등하게 돼.

제일 나아 보이는 선택을 하기 위해
고민 끝에 결론을 내리고 나면,
내 판단이 옳을 거라는 확신을 가질 때도 있지.

그러나 막상 선물 상자를 까보기 전까진,

…아무것도 알 수 없는 것.

그래서인지 이미 과거로 흘러가버린
다른 선택지들에 미련이 남아
괜스레 하염없이 바라보곤 하지.

그것도 막상 까보면 어떨지
전혀 모르는 일인데 말이야.

이제껏 내가 선택한 상자엔 후회도 있고,
분노와 아픔, 슬픔도 있지만
이제는 굳이 없애려 하고 싶지 않아.

그 순간 최선을 다해 선택했던 결과들은
내 삶을 더욱 나답게 만들어줄 테니까.

사실 '내 인생을 아름답게.'라는 말을 하고 싶었는데

생각해보면 '아름답다.'는 건 '나답다.'는 뜻인 것 같아.

내가 내린 선택으로 인해
분명히 아픈 일도 있었고, 후회한 적도 많았지만
그 모든 일을 이제 난 아름다웠다고…
아니, 나다웠다고 생각하려고.

Epilogue

인생에 큰 고비가 있었습니다.
분명히 평소와 같이 눈을 뜨고
코와 입으로 숨을 쉬고 있는데도,
살아가는 일 분 일 초가 마치 깊고 어두컴컴한 물속에서
겨우 숨을 뻐끔거리는 것처럼 버거웠습니다.
누구를 붙잡고 털어놓기도 쉽지 않은 일이었고,
기꺼이 제 말을 들어줄 상대가 있다 해도
제가 겪는 이 감정을 어떻게 말로 풀어내야 할지
감이 잡히지 않았습니다.
차마 밖으로 나오지 못해서 꼬일 대로 꼬인 생각과 감정들은
제 몸속에 꽉 차올라서 곧 터질 것같이 위태로웠습니다.

제게 있어서 그것을 해소할 유일한 방법은
그림으로 풀어내는 일이었습니다.
지금 당장 할 수 있는 일은 그뿐이었기에
저는 동아줄을 잡는 심정으로 저 자신에게 하고픈 이야기,
누구도 해주지 않았던 제가 듣고 싶은 이야기들을
그림일기 형식으로 그리기 시작했습니다.
하루 동안 제가 했던 생각과 머릿속에 떠오른 이미지들을
최대한 종이 위에 옮겨보려고 노력했습니다.

그렇게 완성한 것들을 불특정 다수가 보는 SNS에
〈오늘의 정켈 일기〉라는 제목으로 공개했습니다.

그런데 놀랍게도 저와 같이 느끼는 분들이
한 명 두 명 나타나서 제 그림에 공감해주었습니다.
저는 그 순간이 잊히지 않습니다.
그 한 분 한 분이 너무나 소중했습니다.
댓글과 공감 하나하나가 제게는
크고 따스한 위로로 다가왔습니다.

제가 이야기를 올릴 때마다
그것은 그저 저만의 이야기가 아니었습니다.
제 이야기이자 당신의 이야기이고
우리의 이야기였습니다.

함께해주셔서 감사합니다.
혼자가 아님을 느끼게 해주셔서 감사합니다.

나는 오늘 행복할 거야

2018년 12월 3일 초판 1쇄 | 2019년 1월 25일 6쇄 발행
지은이·정켈

펴낸이·김상현, 최세현
책임편집·김새미나, 김사라 | 디자인·김애숙

마케팅·양봉호, 김명래, 권금숙, 심규완, 임지윤, 최의범, 조히라, 유미정
경영지원·김현우, 강신우 | 해외기획·우정민
펴낸곳·팩토리나인 | 출판신고·2006년 9월 25일 제406-2006-000210호
주소·경기도 파주시 회동길 174 파주출판도시
전화·031-960-4800 | 팩스·031-960-4806 | 이메일·info@smpk.kr

ⓒ 정켈(저작권자와 맺은 특약에 따라 검인을 생략합니다)
ISBN 978-89-6570-728-8 (03810)

팩토리나인(Factory9)은 독자 여러분의 책에 관한 아이디어와 원고 투고를 설레는 마음으로 기다리고
있습니다. 책으로 엮기를 원하는 아이디어가 있으신 분은 이메일 book@smpk.kr로 간단한 개요와 취지,
연락처 등을 보내주세요. 머뭇거리지 말고 문을 두드리세요. 길이 열립니다.

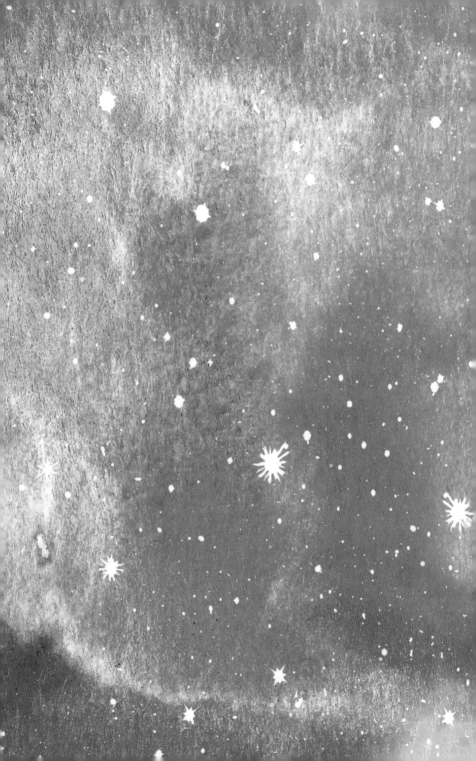